國家圖書館出版品預行編目資料

起床囉! / 陶樂蒂文圖. -- 第一版. -- 臺北
市 : 親子天下股份有限公司, 2021.10
36面 ; 18x18公分. -- (繪本 ; 0283P)
ISBN 978-626-305-086-0(精裝)

863.599   110014805

繪本 0283P

起床囉！

文／圖｜陶樂蒂

責任編輯｜張佑旭　美術設計｜王慧雯　封面設計｜王慧雯　行銷企劃｜王予農
天下雜誌群創辦人｜殷允芃　董事長兼執行長｜何琦瑜
兒童產品事業群
副總經理｜林彥傑　總監｜黃雅妮　版權專員｜何晨瑋、黃微真

出版者｜親子天下股份有限公司 地址｜台北市 104 建國北路一段 96 號 4 樓
電話｜（02）2509-2800　傳真｜（02）2509-2462 網址｜ www.parenting.com.tw
讀者服務專線｜（02）2662-0332　週一～週五：09:00~17:30
傳真｜（02）2662-6048　客服信箱｜ bill@cw.com.tw
法律顧問｜台英國際商務法律事務所‧羅明通律師
製版印刷｜中原造像股份有限公司
總經銷｜大和圖書有限公司　電話：（02）8990-2588

出版日期｜ 2021 年 10 月第一版第一次印行
定價｜ 280 元　書號｜ BKKP0283P　ISBN｜ 978-626-305-086-0（精裝）

訂購服務
親子天下 Shopping｜ shopping.parenting.com.tw
海外‧大量訂購｜ parenting@cw.com.tw
書香花園｜台北市建國北路二段 6 巷 11 號　電話（02）2506-1635
劃撥帳號｜ 50331356　親子天下股份有限公司

立即購買 >

起床囉！

文・圖　陶樂蒂

鬧鐘響了，起床囉！

啾、啾、啾～

小鳥說：起床囉！

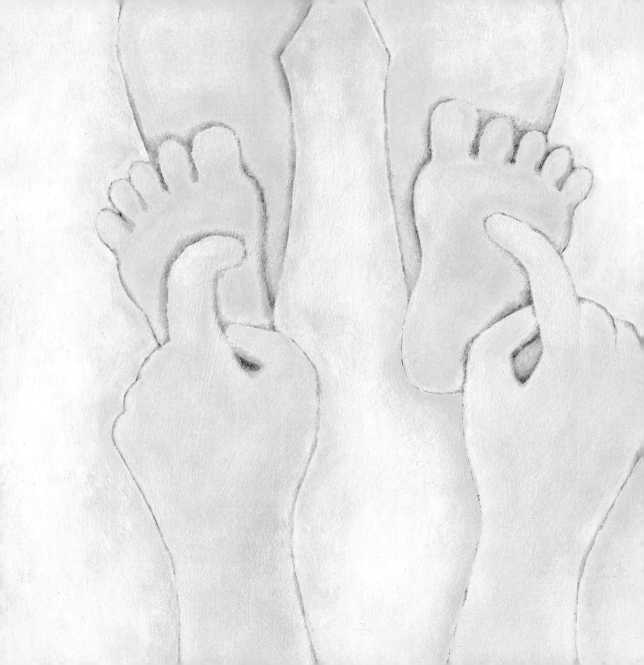

搔一搔。
起床囉！

誰起床了？

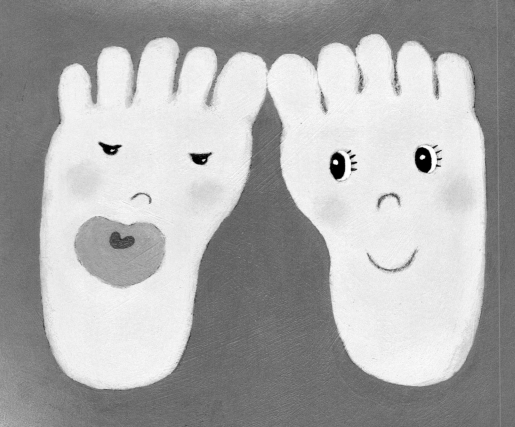

脚丫子起床了。

嗡、嗡、嗡～

小蜜蜂說：起床囉！

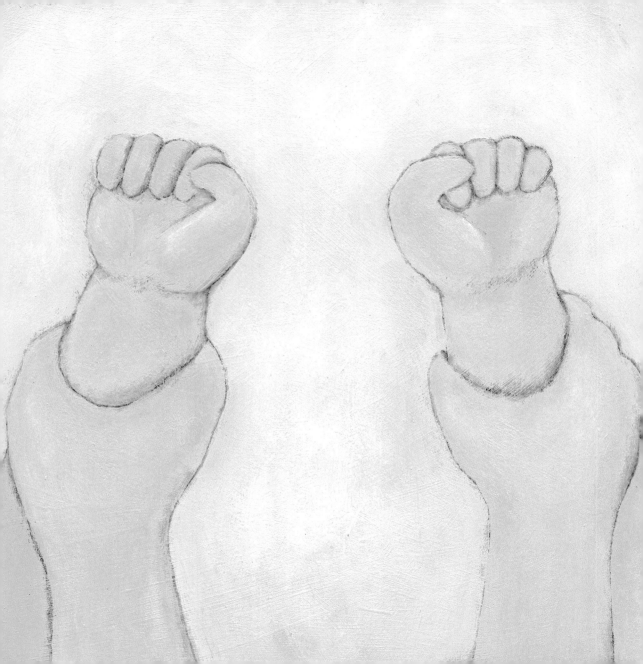

搖一搖。
起床囉！

誰起床了？

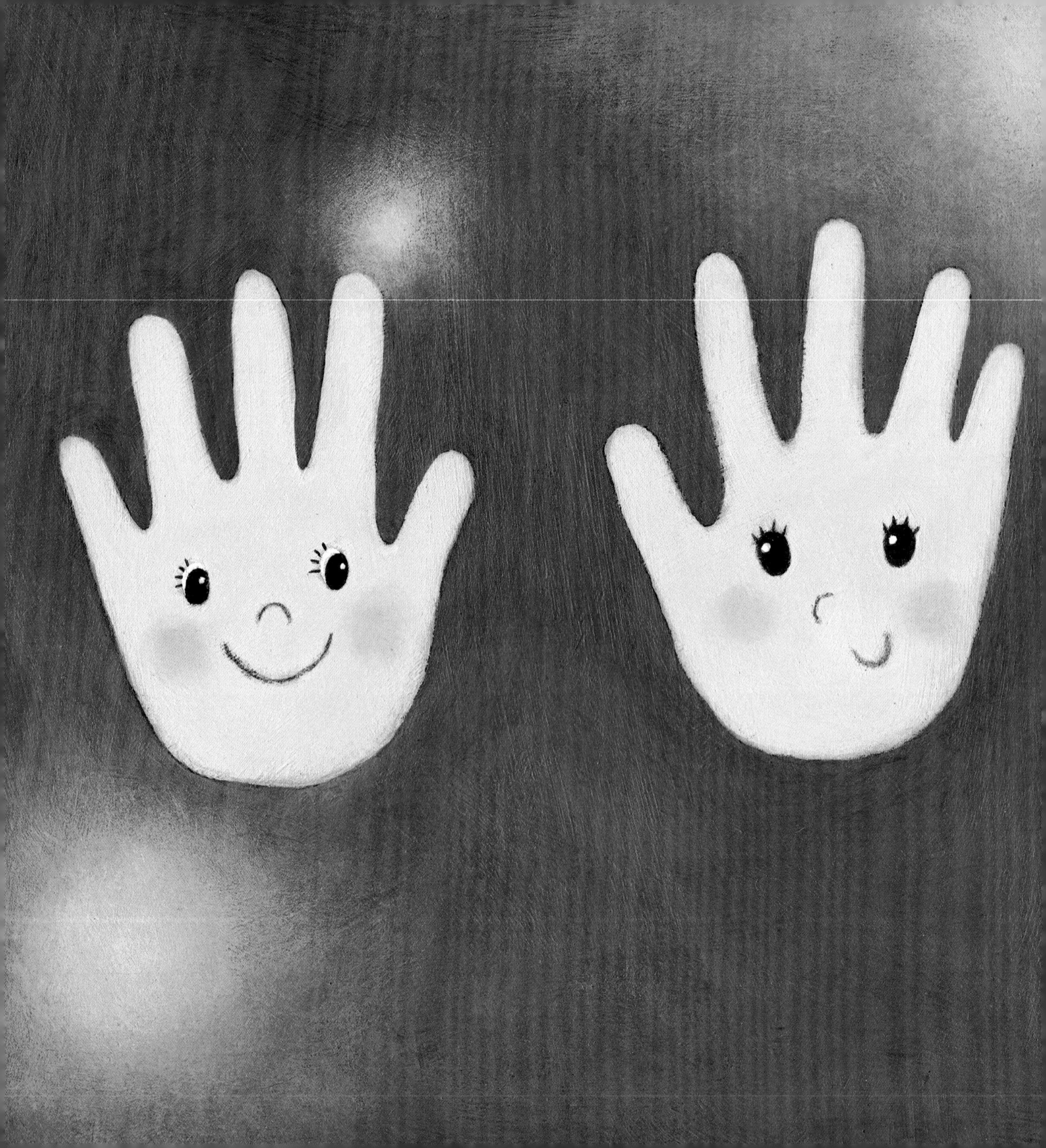

小手起床了。

汪、汪、汪！

小狗說：起床囉！

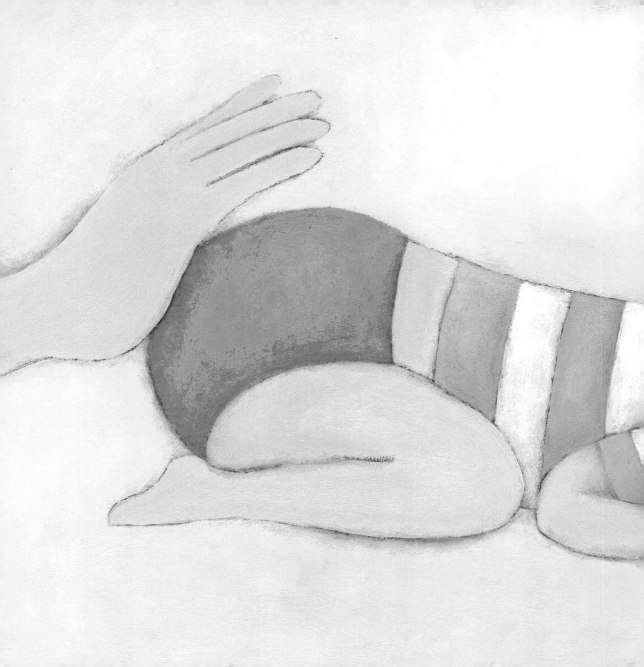

拍一拍。
起床囉！

誰起床了？

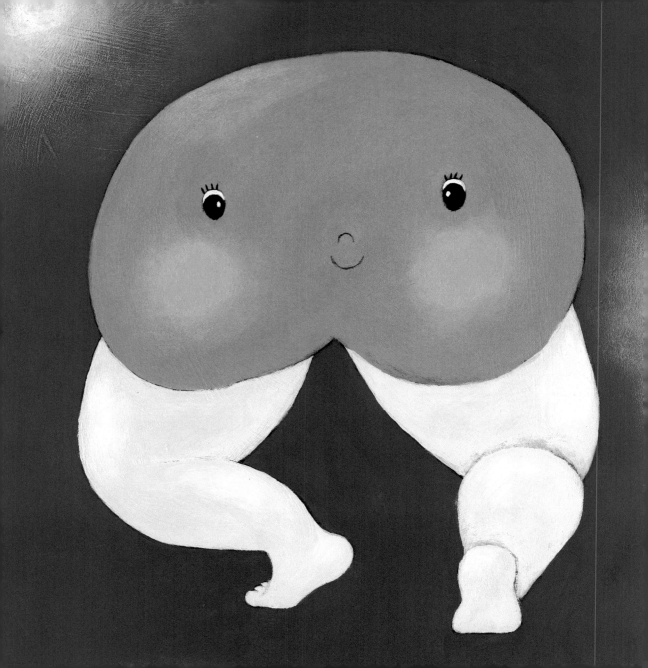

小屁股起床了。

鈴、鈴、鈴！

小兔子說：起床囉！

捏一捏。
起床囉！

誰起床了？

寶寶起床了。

早安，我的寶貝！

吃早餐囉！